A AVENTURA VAI COMEÇAR!

A AVENTURA AO LADO DOS PATRULHEIROS MAIS INCRÍVEIS VAI COMEÇAR! PARA ISSO, VOCÊ PRECISA DESCOBRIR QUAL É O ÚNICO CAMINHO POSSÍVEL PARA CHEGAR ATÉ A PATRULHA CANINA.

INÍCIO

RESPOSTA NA PÁGINA 29.

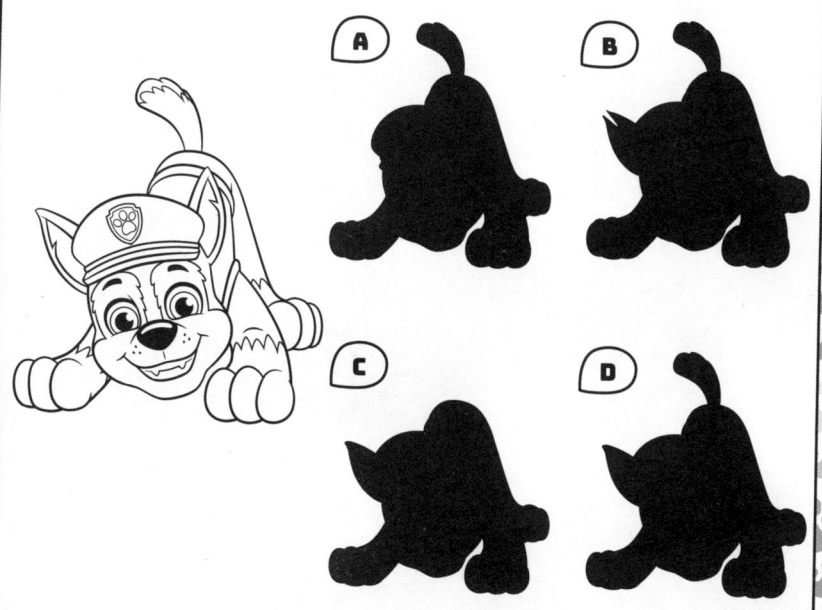

CAÇA-PALAVRAS CANINO

A PATRULHA CANINA ESTÁ SEMPRE A POSTOS PARA MAIS UMA MISSÃO. OBSERVE AS PALAVRAS QUE ILUSTRAM O QUE NÃO FALTA NO DIA A DIA DESSA TURMINHA E ENCONTRE-AS NO QUADRO ABAIXO.

**CORAGEM – ANIMAÇÃO – AMIZADE
INTELIGÊNCIA – ALEGRIA – CRIATIVIDADE**

Q	W	E	R	T	Y	U	C	Ç	O	S	I
A	L	E	G	R	I	A	R	F	A	G	N
H	J	K	L	Z	X	C	I	B	N	M	T
P	Ç	L	M	K	O	J	A	H	I	H	E
U	Y	G	V	C	F	Z	T	D	M	X	L
Z	C	S	E	W	A	Q	I	N	A	Y	I
T	O	Z	X	U	M	L	V	W	Ç	U	G
A	R	T	A	T	I	C	I	Q	Ã	S	Ê
X	A	K	Ç	E	Z	X	D	E	O	C	N
B	G	A	F	H	A	N	A	V	Z	I	C
R	E	K	B	O	D	L	D	T	F	G	I
Y	M	Q	W	T	E	H	E	B	I	O	A

RESPOSTA NA PÁGINA 29.

JOGO DOS 5 ERROS

A PATRULHA CANINA ESTÁ PRONTA PARA DESCOBRIR AS DIFERENÇAS ENTRE A IMAGEM **A** E A IMAGEM **B**. VOCÊ CONSEGUE AJUDÁ-LA A ENCONTRAR AS CINCO DIFERENÇAS?

RESPOSTA NA PÁGINA 29.

QUAIS PARTES FALTAM?

A PATRULHA CANINA SEMPRE ESTÁ PRONTA PARA QUALQUER MISSÃO. OBSERVE A IMAGEM ABAIXO E DESCUBRA QUAIS SÃO AS DUAS PARTES QUE ESTÃO FALTANDO.

RESPOSTA: C E D.

CAMINHO CORRETO!

SKYE FOI ESCALADA PARA MAIS UMA MISSÃO AÉREA. SIGA OS QUADRADINHOS QUE POSSUEM O SÍMBOLO DE CORAÇÃO PARA ENCONTRAR O CAMINHO QUE ELA DEVE PERCORRER PARA CHEGAR AO HELICÓPTERO.

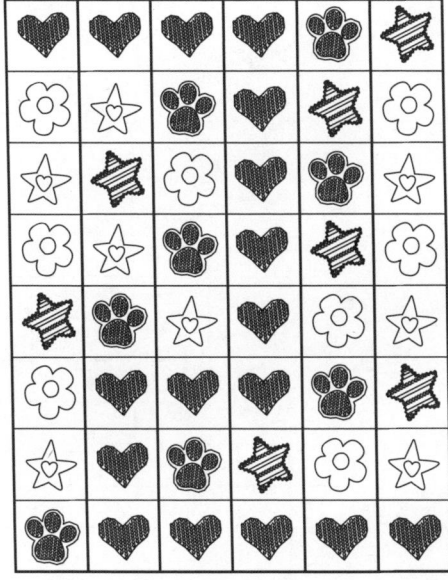

RESPOSTA NA PÁGINA 29.

CRUZADINHA CANINA

VOCÊ SABE O NOME DOS INTEGRANTES DA PATRULHA CANINA? ENTÃO, ESCREVA CADA UM DELES NO LOCAL INDICADO E COMPLETE A CRUZADINHA.

RESPOSTA: 1 - CHASE; 2 - SKYE; 3 - RUBBLE; 4 - MARSHALL; 5 - ROCKY; 6 - ZUMA.

JOGO DOS 5 ERROS

A PATRULHA CANINA ESTÁ PRONTA PARA ENCONTRAR AS CINCO DIFERENÇAS ENTRES AS IMAGENS ABAIXO. VOCÊ CONSEGUE ENCONTRÁ-LAS?

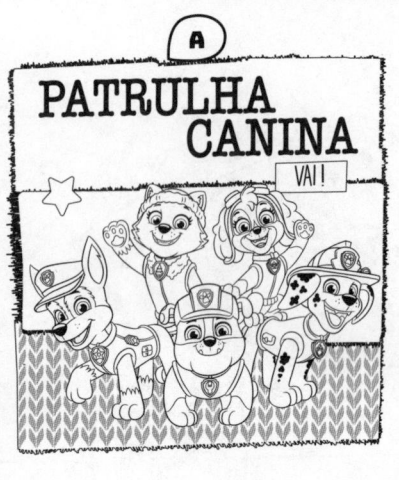

RESPOSTA NA PÁGINA 30.

SOMBRAS MISTERIOSAS

PATRULHEIROS AO RESGATE! OBSERVE AS SOMBRAS A SEGUIR E ESCREVA AS LETRAS **A** E **B** NO LOCAL CORRESPONDENTE.

SKYE

ROCKY

ZUMA

EVEREST

RESPOSTA: A - EVEREST; B - SKYE.

DESCOBRINDO CORES

RYDER É UM GAROTO MUITO INTELIGENTE QUE SEMPRE EXPLICA AS MISSÕES E DIZ COMO OS PATRULHEIROS PODEM AJUDAR OS MORADORES DA BAÍA DA AVENTURA. SIGA A REFERÊNCIA PARA PINTAR A IMAGEM DELE.

1. BRANCO
2. AZUL-CLARO
3. VERMELHO
4. AZUL-ESCURO
5. LARANJA
6. MARROM
7. BEGE-CLARO
8. CINZA

LIGANDO OS PONTOS

ROCKY SEMPRE RECICLA OS MATERIAIS. ASSIM, ELE AJUDA O MUNDO A SER UM LUGAR MELHOR E MAIS SUSTENTÁVEL. LIGUE OS PONTOS PARA COMPLETAR A CENA.

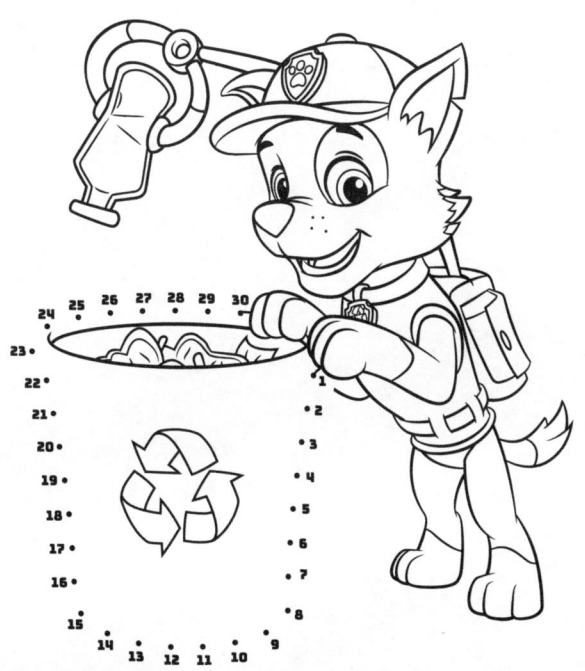

QUAL CAMINHO?

HORA DE ENCONTRAR O RYDER PARA SABER QUAL É A MISSÃO DO DIA. MAS QUAL É O CAMINHO QUE LEVARÁ RUBBLE ATÉ O AMIGO?

RESPOSTA: C.

SOMBRAS MISTERIOSAS

A EVEREST ADORA BAIXAS TEMPERATURAS E QUANTO MAIS NEVE PARA ELA, MELHOR. QUAL DAS SOMBRAS CORRESPONDE EXATAMENTE À IMAGEM EM DESTAQUE DA EVEREST?

RESPOSTA: A.

LIGANDO OS PONTOS

HOJE É ANIVERSÁRIO DO CHASE! LIGUE OS PONTOS PARA AJUDÁ-LO A ASSOPRAR AS VELINHAS E CELEBRAR.

QUAIS PARTES FALTAM?

A PATRULHA CANINA SEMPRE SE DIVERTE ENTRE UMA AVENTURA E OUTRA. OBSERVE A IMAGEM ABAIXO E DESCUBRA QUAIS SÃO AS DUAS PARTES QUE ESTÃO FALTANDO.

RESPOSTA: A E C.

HORA DE COLORIR!

UMA CACHORRINHA VALENTE

OBSERVE TODAS AS IMAGENS DA SKYE
E ENCONTRE AS DUAS QUE SÃO IDÊNTICAS.

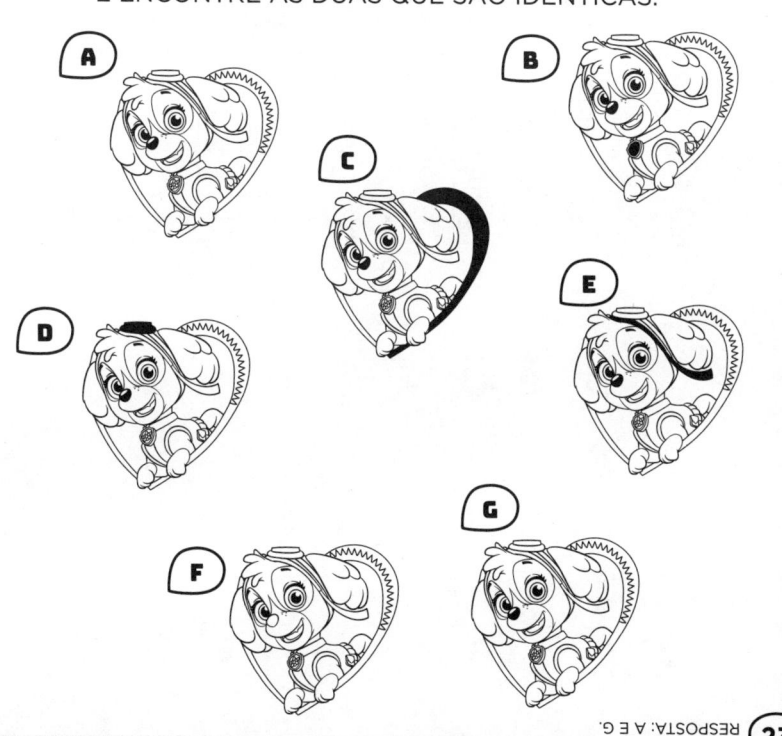

RESPOSTA: A E G.

O ENIGMA DA MISSÃO

RYDER PRECISA DECIFRAR O ENIGMA A SEGUIR.
AJUDE-O, ESCREVENDO CADA LETRA NO LUGAR INDICADO,
USANDO O CÓDIGO ABAIXO.

A	B	C	D	E	F	G	H	I	J	K	L	M
N	O	P	Q	R	S	T	U	V	W	X	Y	Z

RESPOSTA: PATRULHA CANINA, AO RESGATE!

CAMINHO LIVRE

CHASE PRECISA CHEGAR ATÉ O VEÍCULO POLICIAL, PASSANDO APENAS PELO CAMINHO LIVRE DE CONES. VOCÊ CONSEGUE DESCOBRIR A ROTA QUE LEVARÁ CHASE ATÉ O CARRO?

RESPOSTA NA PÁGINA 30.

JOGO DOS 5 ERROS

EVEREST E SKYE SÃO GRANDES AMIGAS.
VOCÊ CONSEGUE DESCOBRIR AS CINCO DIFERENÇAS
ENTRE AS IMAGENS ABAIXO?

RESPOSTA NA PÁGINA 30.

RESPOSTAS

2

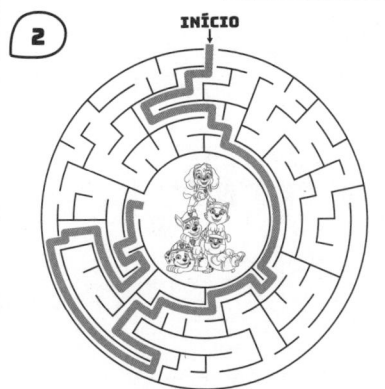

5

Q	W	E	R	T	Y	U	C	Ç	O	S	I
A	L	E	G	R	I	A	R	F	A	G	N
H	J	K	L	Z	X	C	I	B	N	M	T
P	Ç	L	M	K	O	J	A	H	I	H	E
U	Y	G	V	C	F	Z	T	D	M	X	L
Z	C	S	E	W	A	Q	I	N	A	Y	I
T	O	Z	X	U	M	L	V	W	Ç	U	G
A	R	T	A	T	I	C	I	Q	Ã	S	É
X	A	K	Ç	E	Z	X	D	E	O	C	N
B	G	A	F	H	A	N	A	V	Z	I	C
R	E	K	B	O	D	L	D	T	F	G	I
Y	M	Q	W	T	E	H	E	B	I	O	A

6

9

RESPOSTAS

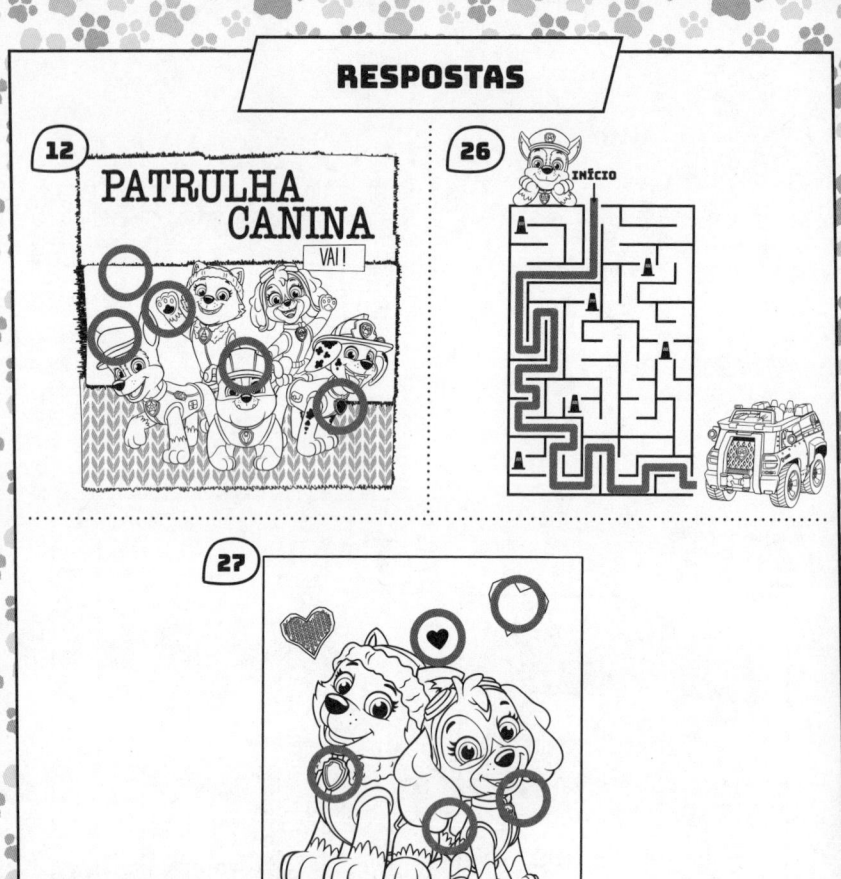